Michael Grejniec

Buenos días, buenas noches

Traducido por Alis Alejandro

Ediciones Norte-Sur
New York

Es de noche.

Es de día.

Buenos días.

Estoy adentro.

Estoy afuera.

Estoy escondida.

Estoy buscando.

Tengo muchos.

Tengo uno.

Estoy abajo.

Estoy arriba:

¡Qué calma!

¡Qué ruido!

Estamos separados.

Estamos juntos.

Buenas noches.

First Spanish edition published in the United States in 1997
by Ediciones Norte-Sur, an imprint of NordSüd Verlag AG, Gossau Zürich, Switzerland.
Distributed in the United States by North-South Books Inc., New York.

Library of Congress Cataloging-in-Publication Data is available.

ISBN-13: 978-1-55858-717-5 / ISBN-10: 1-55858-717-9 (SPANISH PAPERBACK)
ISBN-13: 978-1-55858-718-2 / ISBN-10: 1-55858-718-7 (SPANISH HARDCOVER)
5 7 9 PB 10 8 6 4
3 5 7 9 HC 10 8 6 4 2
Printed in Belgium